AF450784

LES BARBONS AMOVREVX,
ET
RIVAVX DE LEVRS FILS.

COMEDIE.

A PARIS,

Chez GVILLAVME DE LVYNE, Libraire-
Iuré, au Palais, dans la Salle des Merciers,
à la Iustice.

M. DC. LXIII.

Auec Priuilege du Roy.

A MONSIEVR
DE LA
MARLIERE,
PREMIER CAPITAINE
COMMANDANT LE REGIMENT
DE LORRAINE,
ET
MARESCHAL DE BATAILLE
ES ARME'ES
DV ROY.

ONSIEVR,

Apres les bontez que vous m'a-
uez témoignées, & les charmantes

EPISTRE.

careſſes que vous m'auez faites, il
ſemble qu'il y auroit vne eſpece d'in-
gratitude en moy, ſi ie ne vous of-
frois cét Ouurage, non pas comme
vn remerciment des faueurs que i'ay
receuës de Vous; mais ſeulement pour
vous faire voir l'enuie que i'ay de
les reconnoiſtre, ſi i'auois quelque
choſe de proportionné à vos merites.
Quand ie ſonge que i'oſe donner des
BARBONS, qui n'ont rien que
de folaſtre dans leurs actions, à vn
Homme qui n'en a iamais fait que
d'heroïques; il faut que i'auoüe,
que c'eſt vne temerité à moy qui
n'eut iamais de ſemblable, & que
ſi ie ne vous auois demandé la per-
miſſion de vous les preſenter, & que
Vous ne m'euſſiez promis auec
voſtre bonté ordinaire, de les agréer,

EPISTRE.

ie n'aurois iamais osé Vous les offrir,
tant ie tremble à vous faire vn present si peu digne de Vous. Cependant, MONSIEVR, puisque Vous
daignez le receuoir, ayez vn peu de
complaisance, & pour l'Auteur, &
pour la Piece, si iamais Vous Vous
abaissez iusqu'à la lire, parce que
comme les perfections & les deffauts
sont incompatibles, lors que Vous
qui n'auez rien que de parfait, vien-
driez à regarder cét Ouurage, qui
n'a rien de bon que la gloire de Vous
estre offert, Vous pourriez, peut-
estre, au lieu de vous y diuertir, y
rencontrer des causes de chagrin : C'est
pourquoy ie Vous ay preparé à toute
l'indulgence possible, si vous voulez
Vous obliger Vous mesme, en obligeant l'Auteur, qui n'a point eu

ā iij

EPISTRE.

d'autre dessein en Vous consacrant
ce Poëme, que de le rendre immortel
sous la faueur de Vostre Illustre
Nom, qui me facilitera les moyens
de laisser d'eternelles marques de la
passion la plus sincere dont on puisse
estre,

MONSIEVR,

Vostre tres-humble, & tres
obeïssant seruiteur,
CHEVALIER.

A MONSIEVR
DE LA MARLIERE.
SONNET.

VOvs voyāt poſſeder des talens merueilleux,
Ie brûle de vanter voſtre Valeur extrême;
Mais ne ſçachāt pas faire vn Vers miraculeux,
Comment exalteray-je vn merite ſuprême?

Il faudroit exceller en langage des Dieux,
Pour loüer vn Guerrier, qu'on reuere, qu'on
ayme,
Dont les fameux exploits font qu'on dit en tous
lieux,
Qu'on ne void rien que luy de ſemblable à
luy-meſme.

Ma Muſe, quoy que foible, efforce icy ta voix,
Et fais, ſi tu le peux, connoiſtre à cette fois,
Que d'vne noble ardeur, tu te ſens animée;

Mais comme il a le cœur plus grand que l'V-
niuers,
Vn rayon de ſa Renommée,
Fait cent fois plus de bruit qu'vn million de
Vers.

CHEVALIER.

PRIVILEGE DV ROY.

LOVYS PAR LA GRACE DE DIEV Roy DE FRANCE ET DE NAVARRE, A nos amez & foaux Conseillers, les gens tenans nos Cours de Parlement , Maistres des Requestes ordinaires de nostre Hostel, Baillifs, Seneschaux, Preuosts, leurs Lieutenans & tous autres nos Iusticiers & Officiers qu'il appartiendra, Salut. Nostre cher & bien amé GVILLAVME DE LVYNE, Marchand Libraire-Iuré en nostre bonne Ville de Paris; Nous a fait remonstrer, qu'il auroit depuis peu recouuré vne Piece de Theatre, intitulé : *Les Barbons Amoureux* , qu'il desireroit faire imprimer ; mais craignant que quelqu'vn ne voulut contrefaire son impression, & par ce moyen , il ne soit priué du fruit qu'il en pourroit retirer. Il nous auroit supplié tres-humblement luy octroyer nos Lettres , auec les deffences sur ce necessaires. A CES CAVSES, desirant fauorablement traiter ledit Exposant, luy auons permis & permettons par ces presentes , de faire imprimer lesdits *Barbons Amoureux* , en tel Volume, charactere, & autant de fois que bon luy semblera , vendre & debiter durant l'espace de cinq années, à compter du iour qu'elle sera acheuée d'imprimer, pendant lequel téps, faisons tres-

expresses inhibitiõs & défences, à tous Libraires & Imprimeurs de nôtre ROYAUME, de l'imprimer ou faire imprimer & vendre, sans le
consentement dudit Exposant, à peine aux cõ-
treuenans de 1000. liu. d'amande, applicable vn
tiers à nous, vn tiers à l'Hostel-Dieu de nôtre-
dite Ville de Paris, & l'autre tiers audit Exposant, de confiscation desdits exemplaires con-
trefaits, & de tous dépens dommages & inte-
rests, à la charge toutesfois qu'auant d'exposer
lesdits Liures en vente, il en sera mis deux exẽ-
plaires en nostre Bibliotheque publique, vn en
celle de nostre Cabinet en nostre Chasteau du
Louure, & vn en celle de nostre tres-cher &
feal, le sieur Seguier Cheualier, Chancelier de
France, & à faute de rapporter és mains du
sieur grand Audiencier de France en quartier,
vn recepissé de nostre Bibliotheque, & au sieur
Cramoisy, commis par nostredit Chancelier,
vn acte de la déliurance actuelle desdits exemplaires : Nous auons déclaré dés à present ladi-
te permission nulle, & auons enioint aux Scin-
dics des Libraires & Imprimeurs, de faire
saisir tous les exemplaires qui auront esté im-
primez, sans auoir satisfait aux clauses por-
tées par ces presentes. SI VOVS MANDONS, que
d'icelles vous fassiez ioüir & vser ledit Exposant, & tous ceux qui auront droit de luy, plei-
nement & paisiblement, sans souffrir qu'ils y
soient troublez ; Voulant qu'en mettant vn ex-

trait des prefentes au commencement, ou à la
fin de chacun Exemplaire, foy y foit adiouftée
comme au prefent original; & au premier noftre Huiffier ou Sergent fur ce requis, faire en
execution tous exploits neceffaires fans demander autre permiffion, nonobftant clameur
de Haro, Chartre Normande, prife à partie
& Lettres à ce contraires. CAR tel eft noftre
plaifir. DONNE' à S. Germain en Laye, le 24.
iour d'Aouft, l'an de Grace 1662. & de noftre
Regne le 20. Signé par le Roy en fon Con-
feil   BELOT.

Acheué d'imprimer le 26. Septembre 1662.

Les Exemplaires ont efté fournis.

Regiftré dans le Liure de la Communauté
des Libraires & Imprimeurs de cette Ville de
Paris, le 22. Septembre 1662. fuiuant l'Arreft
de la Cour de Parlement, du 8. Auril 1653.
                    Signé DVBRAY Scindic.

*Et ledit DE LVYNE a fait part du Priuilege cy-
deffus, à GABRIEL QVINET, pour en iouyr con-
iointement le temps porté par iceluy.*

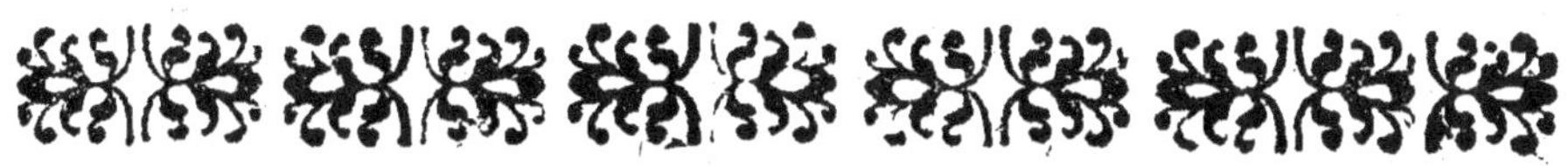

NOMS DES ACTEVRS.

BONIFACE Pere de Polixene & de Lucidor, & Amant d'Aminte.

POLICARPE Pere d'Aminte & de Clidamant, & Amant de Polixene.

CLIDAMANT Fils de Policarpe, & Amant de Polixene.

LVCIDOR Fils de Boniface, & Amant d'Aminte.

POLIXENE Fille de Boniface, & Amante de Clidamant.

AMINTE Fille de Policarpe, & Amante de Lucidor.

GVILLOT Valet de Clidamant, & Amant de Beatrix.

RAGOTIN Valet de Lucidor, & Amant de Lisette.

NOMS DES ACTEVRS.

BEATRIX fuiuante de Polixene.

LISETTE fuiuante d'Aminte.

La Scene est proche des maisons de Bo-
niface & de Policarpe.

LES BARBONS AMOVREVX, ET RIVAVX DE LEVRS FILS.

COMEDIE.

ACTE PREMIER.

SCENE PREMIERE.

CLIDAMANT, GVILLOT.

CLIDAMANT.

Qve ie ferois à plaindre en l'eſtat où ie ſuis,
Si ie ne t'auois pas pour dire mes ennuis.
Apprens, mon cher Guillot, que i'aime Polixene,
Que ce charmant obiet cauſe toute ma peine.
Mais Lucidor ſon frere, aimant ma ſœur auſſi,
Nous pourrons, que ie croy, nous rédre heureux ainſi.

A

GVILLOT.

Courage, nous voilà tous remplis d'amourette,
Lucidor aime Aminte, & son valet Lisette,
Vous aimez Polixene, & i'ayme Beatrix,
A ce que ie puis voir, nous sommes tous d'vn prix;
Mais ce n'est pas là tout ce qu'amour a sceu prendre,
Vos deux peres, ie croy, sont aussi pris du tendre;
Car ie les voy tousiours ensemble conferer,
Et tout leur entretien n'est que de soûpirer.
Vous les verrez bientost en ce lieu l'vn & l'autre,
Parler de leur amour, daignez songer au vostre,
Empaumez Lucidor, il doit venir icy,
Pour moy de Beatrix ie fais tout mon soucy.

CLIDAMANT.

Nos peres amoureux ? cela n'est pas croyable,
Vn Amant à leur âge, est tousiours méprisable,
Les soûpirs des vieillards sont soûpirs superflus,
Ils ont beau soûpirer, on ne les entend plus;
Mais pour les ieunes gens il n'en est pas de mesme:
Enfin, tu sçais Guillot, ma passion extrême......

GVILLOT.

Et bien pour la sçauoir, en suis-je bien plus gras ?

CLIDAMANT.

Non, mais i'espere bien que tu m'y seruiras.

GVILLOT.

C'est fort bien esperer.

CLIDAMANT.

     Ne suis-ie pas ton Maistre?

GVILLOT.

Vous ne sçauez que trop me le faire connaistre,
D'abord que quelqu'auis vous est donné par moy;
Coquin, me dites-vous, c'est bien à faire à oy,
De venir discourir, il vaudroit mieux te taire,
Ce faquin veut icy trancher du necessaire,
Faire l'Olibrius, cessez petit mignon,
De traitter auec moy de pair à compagnon,

Et gardez le respect d'vne telle maniere,
Que nous ne viuions plus tant à la familiere:
Voilà le beau regal que me font vos discours;
Mais alors qu'il vous faut seruir dans vos amours,
Peste, que vous sçauez bientost changer de notte!
Vous vous radoucissez d'vne façon bigotte,
Cher Guillot, dites-vous, rien n'est égal à toy,
Tu merites beaucoup, ie t'aime plus que moy:
Quoy que simple valet, tu ne tiens rien du rustre,
Mille perfections qui te rendent illustre,
Me font auoir pour toy tout à fait du panchant;
Et puis quand vous auez fait le bon chien couchant,
Que vous croyez de moy n'auoir iamais affaire,
Vous m'enuoyez au diable, & sans autre mystere:
Monsieur, ie ne suis plus d'humeur à le souffrir,
Creuez, mourez d'amour, ie vous verray mourir.

CLIDAMANT.

Tu n'as point de pitié d'vn Amant miserable?

GVILLOT.

N'en ayant point pour moy, ie suis impitoyable.

CLIDAMANT.

Quoy, sans estre touché tu verrois mon trépas?

GVILLOT.

Monsieur, ie vous cõnois, que vous n'en mourrez pas!
La mort est vn chemin qu'il nous faudra tous suiure;
Mais pour mourir d'amour, vous aimez trop à viure:
Vous me direz encor, ie me meurs, bien des fois,
Auant que ie vous voye arriuer aux abois;
Vous estes tous les iours pres de quelque Maistresse,
A faire le transy, l'Amant plein de tendresse,
Et puis tout aussi tost qu'elle a le dos tourné,
Vne autre qui suruient vous rend passionné;
Si bien que l'on vous voit mourir pour la derniere,
Comme vous auiez fait déja pour la premiere:
Si vous ne trépassez iamais qu'en vos amours,
Monsieur, ie croy ma foy, que vous viurez tousiours.

A ij

CLIDAMANT.

C'eſt bien à vous marault, à me railler de meſme,
Sçauez-vous bien qu'apres voſtre inſolence extrême
Ie deurois vous caſſer les iambes & les bras?

GVILLOT.

Vous m'obligerez fort en ne le faiſant pas.

CLIDAMANT.

Parlant comme tu fais, ie le deurois bien faire.

GVILLOT.

Vous n'auriez puis apres qu'à me mettre en galere,
N'ayant iambes ny bras, ie ramerois fort bien.

CLIDAMANT.

Tay-toy, double coquin, & ne me dis plus rien,
Ie ſuis las d'écouter tes ſottes railleries,
Finy donc promptement toutes ces momeries,
Et ſonge ſeulement que i'ay beſoin de toy.

GVILLOT.

Voſtre commandement fait ma regle & ma loy,
Ie pretens vous ſeruir en valet admirable,
Et ſuis autant à vous, qu'vn Sergent eſt au Diable.

CLIDAMANT.

Paix-là, i'entens quelqu'vn, viens-t'en prendre vn
    billet,
Que tu feras tenir à mon aimable obiet.

SCENE II.

LVCIDOR, RAGOTIN.

LVCIDOR.

AH! mon cher Ragotin, que l'amour me tour-
    mente,

RAGOTIN.

onfieur, ie croy pluſtoſt que le Diable vous tente,
:puis que voſtre Aminte enfin vous a parlé,
)us eſtes plus chagrin qu'vn homme enſorcelé:
us ne ſçauriez durer vn ſeul moment en place,
us allez deuenir plus ſec qu'vne carcaſſe,
 voſtre Ragotin plus maigre qu'vn harant;
onſieur, ne courons plus en Cheualier errant,
meurons en repos, i'aime auſſi bien qu'vn autre;
is courir ſans manger, il y va trop du noſtre :
cor alors qu'on a bien diſné, bien dormy,
 peut faire l'amour lors en diable & demy;
tes-le donc ainſi, c'eſt la belle maniere,
on nous nous voyons à noſtre heure derniere,
us allons trepaſſer, il n'eſt rien plus certain,
 vous mourez d'amour , & moy ie meurs de
   faim.

LVCIDOR.

-on iamais gourmant . . . . . mais i'aperçoy mon
   pere,
trons, ie t'inſtruiray de ce qu'il faudra faire.

SCENE III.

BONIFACE *ſeul.*

Mour, ieune inſolent, petit enfant brutal,
Qui m'embrazes le cœur ainſi qu'vn arſenal,
 t'animes mon corps d'vne naiſſante flâme,
rquoy venir encor t'emparer de mon ame?
on âge, amoureux ! c'eſt ſur le tard laquet;
s quoy, ne ſuis-ie pas vn vieillard guilleret?
lle? de belle humeur? de bonne compagnie?

Qui peut donc empefcher que ie ne me marie?
Puis-ie pas eftre encor par l'amour enchaîné,
Beau comme Cupidon? mais enfin c'eft l'aîné,
Car ie ne puis paffer, quoy que ie puiffe faire,
Pour autre que l'aîné, fi ie ne fuis fon pere;
Deforte que i'ay beau paroiftre goguenart,
Ie ne pafferay plus que pour vn vieil penart:
Si faut-il toutesfois que dans ce iour ie harpe,
L'obiet qui m'a rauy, mais ie voy Policarpe,
Que diable pourroit-il venir chercher icy?

SCENE IV.

BONIFACE, POLICARPE.

POLICARPE.

AMour, pourquoy viens-tu me donner du foucy
    Qui t'oblige, dis-moy, d'eftre fi temeraire,
De me venir chercher? mais quel remede y faire?
Ce n'eft pas d'auiourd'huy que l'amour nous appré
Qu'il n'épargne non plus le petit que le grand,
Puis qu'il eft affuré qu'auffi bien il attrappe,
Le vieillard que le ieune, & qu'aucun n'en échapp
Ie me confole donc de m'en voir accablé;
Me voilà, Dieu mercy, pris comme dans vn blé,
Et fi ie ne fçay pas fi ce qui ma fceu prendre,
Aura bien la bonté de me vouloir entendre,
Boniface, qui peut vous amener icy?
BONIFACE.
C'eft mon amour, & vous.
POLICARPE.
            Et c'eft le mien auffi.

BONIFACE.

Vous estes amoureux, ô mon cher Policarpe?

POLICARPE.

L'amour nage en mon corps, comme dans l'eau la
carpe.

BONIFACE.

Et moy, ce mesme amour dont ie suis prisonnier,
Me trotte au corps aussi comme rats au grenier.

POLICARPE.

Vous aimez donc bien fort?

BONIFACE.

      Fort comme tous les diables.
Et vous, comme aimez-vous?

POLICARPE.

      Mes ardeurs sont semblables.

BONIFACE.

Nous voila donc tout deux amoureux comme il faut.

POLICARPE.

Amour n'a point encore produit vn feu si chaut.

SCENE V.

BONIFACE, POLICARPE, GVILLOT.

GVILLOT *les voyant & les oyant parler.*

Voicy le mois de May que les Asnes hannissent,
Car ie croy que i'é voy deux qui se diuertissent.

BONIFACE.

Sortons, i'entens quelqu'vn qui nous pourroit trou-
bler.

POLICARPE.

Cherchons quelqu'autre endroit où nous pouuoir
parler.

Ils sortent & Guillot demeure seul.

SCENE VI.

GVILLOT *seul.*

COmment donc ces vieux fous, cadets à barbe
  blanche,
Veulent tâter d'amour encore quelque tranche!
C'est bien à vous, ma foy, trop debiles Barbons,
De vous amouracher, froids comme des glaçons;
Ah! Monfieur Policarpe, & Monfieur Boniface,
Pour de l'amour, ie croy que l'on vous en fricasse;
Ceffez donc vos ardeurs, car il est peu d'obiets,
Qui veüillent s'enroller auec de tels cadets.
Et qui diable feroient les pauures creatures,
Qui fe voudroient charger de vos vieilles freffures?
Celles qui vous auroient feroient tous leurs efforts,
A vous faire paffer promptement chez les morts.
Meffieurs les Roquantins, fi vous m'en voulez croire,
Loin de faire l'amour, amufez vous à boire :
Le bon vin, ce dit-on, est le lait des vieillards,
Beuuez-en voftre foul, pluftoft qu'eftre cornarts;
Car vn vieillard qui prend vne ieune fillette,
De findic de cocus vne charge il achepte.
Le vieillard pourroit-il iamais s'en exempter,
Si le ieune homme mefme a peine à l'éuiter?
Non, demeurons d'accord dans cette conioncture,
Que quiconque en échape, est aimé de Nature.

SCENE VII.

GVILLOT, RAGOTIN.

RAGOTIN.

SEruiteur.

GVILLOT.
Dieu te gard, qui t'ameine en ce lieu?

RAGOTIN.
Desire tu l'apprendre?

GVILLOT.
Et ie t'en prie.

RAGOTIN.
Adieu.

GVILLOT.
D'où vient que tu t'en vais quand ie te le demande?

RAGOTIN.
Ta curiosité paroist vn peu trop grande;
Et pourquoy me viens-tu questionner ainsi?

GVILLOT.
Pour sçauoir ton dessein.

RAGOTIN.
Tu prens trop de soucy,
Dequoy te méles-tu?

GVILLOT.
De ce que ie desire.

RAGOTIN.
Tu croy donc que ie sois vn homme à te le dire?

GVILLOT.
Oüy, ie le croy sans doute.

RAGOTIN.
Et moy ie n'en croy rien.

A v

Tu le veux donc sçauoir ?
####### GVILLOT.
                          Oüy, ie le voudrois bien,
####### RAGOTIN.
Apprens moy donc aussi le suiet qui t'ameine.
####### GVILLOT.
Le diray-je à deux fois, ou bien tout d'vne haleine?
####### RAGOTIN.
Comme tu le voudras, ie suis prest d'écouter.
####### GVILLOT.
Et moy, ie ne suis pas prest à te le conter;
Car en te le disant, ie te ferois trop aise.
####### RAGOTIN.
Selon, si ce n'est point chose qui me déplaise;
Mais que peut-ce estre encor?
####### GVILLOT.
                          Dequoy te mesles-tu?
Pour apprendre vn secret, as-tu cette vertu,
Que l'homme doit auoir pour cacher & pour taire,
Ce qui ne doit iamais estre sceu du vulgaire?
Sçay-tu bien conseruer ce qu'on appelle honneur?
Et la discretion regne-t'elle en ton cœur?
As-tu l'esprit bien fait? as-tu l'ame bien faite?
Ta langue quelquefois n'est-elle point gazette?
Ne vas-tu point prosner ce qu'on ta deffendu?
####### RAGOTIN.
Ie ne dis iamais mot, deussay-je estre pendu.
####### GVILLOT.
Ie ne te diray rien aussi, deussay-je l'estre.
####### RAGOTIN.
Si tu ne me dis point pourquoy tu viens paraistre,
Ie ne te diray point pourquoy ie viens aussi.
####### GVILLOT.
Mais qui commencera le premier en cecy?
####### RAGOTIN.
Afin que nul de nous n'ait aucun aduantage,

Enſemble nous dirons quelle eſt noſtre meſſage.
GVILLOT.
Ie le veux bien, parlons tous les deux à la fois.
RAGOTIN.
Nous nous eſtourdirions auecque nos deux voix.
GVILLOT.
Apprens moy ton ſecret, cher amy, camarade.
RAGOTIN.
Ic le veux bien, ie viens pour faire vne Ambaſſade,
Auec vn billet doux.
GVILLOT.
Tu n'as pas mal parlé ;
Celuy que i'ay, ie croy, n'eſt ny doux ny ſalé,
Il eſt aſſaiſonné d'vne fort bonne ſorte.
RAGOTIN.
Mais ne ſçauray-je point à qui ta main le porte?
GVILLOT.
Oüy, quand nous aurons fait nouuelles pactions.
RAGOTIN.
Quoy, faut-il faire encore d'autres conditions?
Dis le moy, ie te prie, & bannis toute crainte.
GVILLOT.
Il eſt pour Polixene.
RAGOTIN.
Et le mien pour Aminte,
Ton Maiſtre a chez le mien le ſuiet de ſes feux,
Et le mien chez le tien la cauſe de ſes vœux !
GVILLOT.
La fille à Policarpe auec ſa bonne grace,
A ſceu gagner le cœur au fils de Boniface.
RAGOTIN.
Celle de Boniface auec ſon air tentant,
Au fils de Policarpe en a fait tout autant.
GVILLOT.
On s'en va donc bientoſt de nos deux maiſonnées,
Si ie ne ſuis trompé, faire deux Himenées.
A vj

RAGOTIN.

Sans doute, & nous ferons les plus heureux valets.....

GVILLOT.

Oüy, car nous nous voyons déja porte-poulets.
N'eft-ce point eftre auffi Poftillons de Siluie?

RAGOTIN.

Qu'y ferions-nous ? ce font commerces de la vie.

GVILLOT.

Mais, mon cher Compagnon, dis-moy, te plairoit-il,
Que l'on te fift paffer pour vn poiffon d'Auril ?

RAGOTIN.

Souuent fans regarder Auril, May ny Decembre,
On nous fait Maquignons de haquenée en chambre;
Mais nous fommes icy des Meffagers d'honneur.

GVILLOT.

Oüy bien, quant à prefent, mais parfois feruiteur,
Nous portons des poulets à certaines Donzelles,
Lefquelles ont bien l'air de n'eftre pas pucelles:
Mais c'eft galanterie, & tout cela n'eft rien,
Celles où nous allons ce font filles de bien,
Qui fe gouuernent......Ie n'en dis pas dauantage,
Suffit, qu'elles n'ont rien en elle que de fage.

RAGOTIN.

Camarade en ce point, ie ne dis oüy, ny non.
Celle qu'on croit bien fage, eft bien fouuent guenon,
Et celle que l'on croit de mefine concubine,
Souuent eft braue femme, & nous trompe à la mine.
Mais cher amy Guillot, i'aime vn certain obiet,
Dont ie mettrois au feu le doigt.

GVILLOT.

Il brûleroit.

Toy-mefme, tu me viens de dire, que ces gueufes
En apparence font toutes des affronteufes.

RAGOTIN.

Celle que ie cheris n'aime au monde que moy,
Ie t'en répons, Guillot.

GVILLOT.

     C'eſt bien répondre à toy.
On ſe croit bien ſouuent Maiſtre d'vne friponne,
Laquelle cependant n'eſt qu'à qui plus luy donne;
Mais quoy? puis qu'il ſe faut marier vne fois,
Faiſons-le, c'eſt à faire à s'en mordre les doigts.
Tu ſçais que nos obiets doiuent icy ſe rendre,
D'vne aigrette de bœuf, tâchons à nous deffendre.

RAGOTIN.

Tous coups vaillent, Guillot, c'eſt à faire à cela,
Nous ne ſerons pas ſeuls auec ces armes-là.

GVILLOT.

Il eſt vray qu'elles ſont communes dans ce monde,
Moy qui te parle, i'aime vne certaine blonde,
Qui me porte bien l'air de m'en faire tâter,
Quelque precaution que i'y puiſſe apporter;
Mais ſongeant aux obiets qui cauſent nos ſeruages,
Songeons en meſme temps à faire nos meſſages.
Bon, voicy iuſtement celles que nous cherchons,
Abordons les, Ragot.

RAGOTIN.

    Ie le veux, approchons.

SCENE VIII.

GVILLOT, RAGOTIN, BEATRIX, LISETTE.

GVILLOT.

SEruiteur, Beatrix.

RAGOTIN.

    Ah! ton valet, Liſette.

Ie tiens certain poulet.....
GVILLOT.

　　　　　Moy, certaine poulette,
Pour donner à l'obiet, dont mon Maiſtre eſt charmé.
RAGOTIN.

Et le mien pour celuy dont mon Maiſtre eſt aimé,
Et tu peux bien penſer que c'eſt pour ta Maiſtreſſe.
GVILLOT

C'eſt à la tienne auſſi, que ce billet s'adreſſe,
Enfin, nos Maiſtres ſont diablement amoureux.
RAGOTIN.

Et tu voy deux valets qui le ſont autant qu'eux.
LISETTE.

Qui te charme, Ragot?
RAGOTIN.

　　　　Ah! petite friande,
Ragot te peut-il voir à moins qu'il ne ſe rende?
Ie ſens mon pectorat tellement enfláiné,
Que ſi tu ne l'eſteins, me voila conſommé:
Tes yeux m'ont allumé d'vne ſi forte flâme,
Que dans l'enfer d'amour, ie ſens brûler mon ame:
Oüy, c'eſt l'enfer d'amour, de ne poſſeder pas,
Celle pour qui ie fais tous les iours mille helas,
Et n'écoute non plus ce que ie luy veux dire,
Que ſi ce n'eſtoit rien qu'vn homme qui ſoûpire.
Vn Ragot peut-il bien prés de toy ſoûpirer,
Sans que tous ſes ſoûpirs te puiſſent penetrer?
Si tu ne te rends pas à mon ſort déplorable,
Ie te crois vn obiet du tout impenetrable.
LISETTE.

Ragotin, ie n'ay pas pour toy le cœur ſi dur,
Pour ne te pas aimer, ton amour eſt trop pur.
BEATRIX.

Et toy, quel eſt l'obiet pour qui ton cœur ſoûpire?
GVILLOT.

C'eſt toy, ma Beatrix, puis qu'il te le faut dire;

Ie fuis dans vn eftat à ne te celer pas,
Que i'en tiens rudem·nt pour tes frians appas:
Oüy, quand on apperçoit tous les charmes enfemble,
La plus ferme franchife en ce moment là tremble;
Si bien que dans le temps que ie me fens brûler,
Ma franchife auffi-toft commence de trembler;
Le froid & le chaut font vne antiperiftaze,
Qui caufe en ma perfonne vn incommode extaze,
Par où ie fens former vn tumulte en mon corps,
Qui tempefte, rauage, & fait de tels efforts,
Qu'il rompt & brife tout iufques à mes membranes,
La fuffocation offufque mes organes,
Et mon ame & mon corps par tranfpiration,
Veulent......enfin, ie t'aime auecque paffion.

BEATRIX.

Que ton amour te fait dire de belles chofes!
GVILLOT
Ce font les grands effets que produifent ces caufes,
Ie laiffe aux efprits bas à parler baffement,
Pour moy, ie fais l'amour fcientifiquement.
BEATRIX.
Moy qui n'ay point d'efprit, quelle réponce y faire
GVILLOT.
Ie t'en infuferay de la bonne maniere.
BEATRIX.
Tu n'es qu'vn babillart, va, ne me dis plus mot.
RAGOT.
Petite Dulcinée, aimeras-tu Ragot?
Tu ne me réponds rien, dis donc?
LISETTE.
Helas!
RAGOT.
Acheue.
LISETTE.
Ie crains bien de t'aimer, adieu.

RAGOT.

Le cœur me creue.

GVILLOT.

Et toy m'aimeras-tu , Beatrix mon foucy?

BEATRIX.

Peut-eftre , adieu Guillot.

GVILLOT.

Le cœur me creue auffi.

Fin du premier Acte.

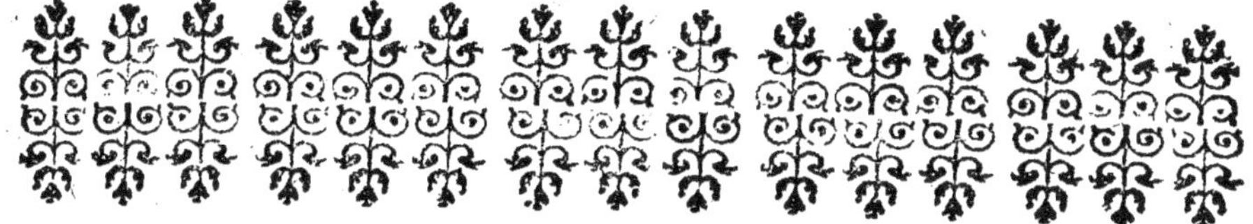

ACTE II.
SCENE PREMIERE.

POLIXENE, AMINTE, BEATRIX,
LISETTE, *sortant chacune de leur maison.*

POLIXENE.

OVR vous aller trouuer, ie sortois de
chez nous.
AMINTE.
Et pour vous voir aussi ie m'en allois
chez vous,
Que vouliez vous de moy?
POLIXENE.
Vous faire confidence.
AMINTE.
Mon dessein estoit tel, parlez en assurance,
Vous sçauez que ie suis vn esprit fort discret.
POLIXENE.
Ie voudrois bien auoir pû cacher mon secret;
Mais helas! i'aurois beau ne le vouloir pas dire,
On le connoist assez lors que mon cœur soûpire;
Et quand vous me voyez mettre vn soûpir au iour,
Vous pouuez bien iuger qu'il ne vient que d'a-
mour.
AMINTE.
Quel Amant, Polixene, a l'honneur de vous plaire?

POLIXENE.

Ie vous le dirois bien, mais .....

AMINTE.

Dites.

POLIXENE.

Voſtre frère.

AMINTE.

Mon frere ! quel bonheur ! incomparable bien,
De voir que voſtre ſort ſe trouue égal au mien !
Polixene, iugez quelle ioye eſt la noſtre,
Mon frere eſt voſtre Amant, & i'aime auſſi le vôtre.

POLIXENE.

Quoy, vous aimez mon frere ? Aminte, quel plaiſir !

AMINTE.

Oüy, voſtre frere, fait mon vnique deſir.

POLIXENE.

Le voſtre fait auſſi toute mon eſperance.

AMINTE.

Heureuſes, ſi l'on peut faire cette alliance.
Mais ie croy, que ie voy venir mon frere icy.

POLIXENE.

C'eſt luy-meſme, & le mien auec luy vient auſſi.

SCENE II.

POLIXENE, AMINTE, CLIDAMANT,
LVCIDOR, BEATRIX, LISETTE,
RAGOTIN.

CLIDAMANT.

Ovy, ma ſœur eſt à vous, & ſans doute mon
pere......

LVCIDOR.

Que ie vais estre heureux s'il ne m'est point côtraire.

CLIDAMANT.

Ie tiendray seurement vostre amour à bonheur;
Mais puis-ie Lucidor, esperer vostre sœur?
Ah! si ie possedois cette aimable personne,
Ie serois plus content,

LVCIDOR.

      De moy, ie vous la donne,
Et mon pere, ie croy . . . . .

RAGOTIN.

      Ce fait est terminé.,
Vous auez bon marché, c'est vn marché donné.

POLIXENE.

Mon frere, sçauez-vous si ie veux qu'on me donne ?

CLIDAMANT.

Ne vous offencez pas, adorable personne,
Si l'on vous donne à moy, cessez vostre courroux;
Ce n'est pas d'auiourd'huy que l'on me dône à vous,
Puis qu'il est asseuré que nostre destinée,
A déja dans le Ciel conclu nostre Himenée.

LVCIDOR.

Vous fâchez-vous aussi, que l'on vous donne à moy?

AMINTE.

Si i'ose deuant-vous, dire ce que i'en croy,
I'auoüeray Lucidor, que ie ne sçaurois taire,
Qu'on ne peut se fâcher contre ce qui sçait plaire.

LVCIDOR.

Peut-on voir vn bonheur . . . . .

RAGOTIN.

      A quoy bon tant prêcher,
Et puis qu'elle veut bien rire sans se fâcher ?

LVCIDOR.

Tay-toy, double faquin.

CLIDAMANT à POLIXENE.

      Que faut-il que i'espere?

POLIXENE.

Clidamant, vous pouuez là-deſſus voir mon pere,
L'honneur que ie reçoy me ſemble eſtre ſi doux,
Que ſi i'eſtois à moy, ie ſerois toute à vous.

CLIDAMANT.

O diſcours obligeant!

LVCIDOR.

Et vous, aimable Aminte,
Approuuez-vous le feu dont mon ame eſt atteinte?
Puis-je eſperer qu'vn iour......

AMINTE.

Voyez mon pere auſſi.
Mais i'entends quelque bruit, retirons-nous d'icy.

SCENE III.

LVCIDOR *s'en allant, dit à Clidamant*

VEnez-vous?

CLIDAMANT *à Lucidor.*
Ie vous ſuis.
Apres à Beatrix en l'arreſtant.
Fais prés de ta Maiſtreſſe
Beatrix, que ie puiſſe obtenir ſa tendreſſe.

BEATRIX.

On vous aime, Monſieur.

SCENE IV.

CLIDAMANT , BEATRIX, GVILLOT.

GVILLOT *paſſant devant eux.*

Ie le ſçay bien, bon ſoir.

CLIDAMANT.

Que veut dire ce ſot?

GVILLOT *repaſſant encor.*

Adieu iuſqu'au reuoir.

BEATRIX.

Et bien, ſi tu t'en vas, Dieu te veüille conduire.

CLIDAMANT.

Parlez, Monſieur Guillot , dites, eſt-ce pour rire ?

GVILLOT.

Moy, pour rire ? n'enny ; tres-humble ſeruiteur.

CLIDAMANT *à Guillot.*

Il tire ſa bourſe.

Sors donc.

Tiens Beatrix.

GVILLOT.

Elle vend ſon honneur,

Il n'eſt rien plus certain.

BEATRIX *s'en allant.*

I'employray mon adreſſe,

A vous rendre ſeruice aupres de ma Maiſtreſſe.

GVILLOT *reuenant tout effaré.*

Au voleur ! arreſtez.

CLIDAMANT.

Qui te rend ſi ſurpris,

Dis donc.

GVILLOT.

Rien, auez-vous fait auec Beatrix?

CLIDAMANT.

Oüy, traiftre, i'ay tout fait ce que i'y voulois faire,
Pourquoy?

GVILLOT.

Ie fortirois de peur de vous diftraire.

CLIDAMANT.

Et par quelle raifon?

GVILLOT.

Si chacun fe méloit
De faire fa befongne, ainfi qu'il le deuroit,
Les Vaches bien fouuent en feroient mieux gardées.

CLIDAMANT.

D'où te viennent maraut, ces fantafques idées?
Me feras-tu toufiours des contes d'animal?
Ie ne te dis rien, mais......

GVILLOT.

Mais chacun fent fon mal;
Monfieur, contentez-vous de voir voftre Maiftreffe,
Et ne muguetez point celle que ie careffe:
A ce que ie puis voir, vous trouuez tout fort bon,
Et Dame, & Demoifelle, & Suiuante, & Soüillon,
Vous mettez tout en œuure; ah! la pefte, quel drolle,
Auecques fes douceurs comme il les affriolle.
En leur difant mon cœur, tu n'as rien que de beau,
Il vous les fait venir donner dans le panneau;
Mais ces beaux mots n'eftant que des billeuefées,
Ces pauures filles, font des filles abufées.
Mô Maiftre, s'il vous plaift, renguainez vos douceurs,
Ne vous en feruez plus, fi ce n'eft pour nos fœurs,
Si l'on m'a fait cocu, pour mon malheur, en herbe
Il n'eft pas de befoin que ie fois en gerbe.

CLIDAMANT.

Pour la voir auec moy, tu te faches, Guillot?

GVILLOT.

Ie ne trouue pas bon que vous me faffiez fot.

CLIDAMANT.

Crois-tu qu'elle soit fille à faire vne sottise?

GVILLOT.

Ie ne sçay, vous sçauez si bien comme on courtise,
Que malheureusement pour me faire enrager,
Vous pourriez la reduire à l'heure du Berger ;
Puis ie serois gasté, cela n'est rien qui vaille,
Par ce qu'en me gastant, vous gasteriez sa taille,
Et si i'allois apres me charger de sa peau,
Ce seroit épouser, & la Vache & le Veau.
Non, si vous luy parlez, i'ay conclu dans mon ame,
Qu'elle n'aura iamais l'honneur d'estre ma femme.

CLIDAMANT.

Bien loin que mon amour fasse du tort au tien,
Quand ie luy parleray, ce sera pour ton bien,
Et rien que pour toy seul . . . . .

GVILLOT.

           Et qu'il ne vous déplaise,
Vous vous embrazeriez ainsi qu'vne fournaise,
Lors que vous la verriez; fy de vostre entretien,
Fille qui vous verra, ne vaudra iamais rien
Vous sçauez tellement comme l'on les attrappe,
Qu'il est bien mal-aisé qu'aucune vous échappe :
Deslors que vous prenez vostre ton doucereux,
Vous les amadoüez, vous embalés des mieux,
Et comme l'ennemy-iuré du mariage,
Vous n'auez d'autre but qu'au seul concubinage,
Et sçauez si bien l'art de les persuader,
Que vous leur en donnez bien souuent à garder.
D'abord qu'il se rencontre aupres d'vne mignonne,
Il la couue des yeux, le drolle la mitonne,
Quand il voit à peu pres qu'il a trouué son fait,
Mon galand sans façon plante là son piquet,
Et ne démord iamais d'aupres de la donzelle,
Que de son cher honneur il n'ait la cuisse ou l'aisle.
Et si-tost qu'il a fait de l'honneur de Cloris,

Aux autres, me dit-il, Guillot, ceux-là font pris.

CLIDAMANT.

Ie ne ſçay pas pourquoy tu me donnes ce blâme.

GVILLOT.

Si Polixene n'eſt dans fort peu voſtre femme,
Qu'elle ne faſſe pas tréue à tous vos diſcours,
Pour peu qu'elle ſe plaiſe à ſouffrir vos amours,
Ne ſe mariant pas auecque vous en haſte,
Ie ſuis tres aſſeuré qu'il faudra qu'elle en taſte;
De ſorte qu'vne fille auec vn peu d'honneur,
Vous deuroit épouſer à voſtre abord, Monſieur:
Car dés qu'elle vous parle, elle eſt d'amour émeuë,
Ville qui parlemente eſt à demy renduë;
Et pour peu que la belle entende le iargon,
On voit ſon pauure honneur faire bientoſt faux-bon.
Monſieur, cela ma foy, n'eſt point du tout honneſte,
Mais quoy? vous n'en ferez iamais qu'à voſtre teſte;
I'ay beau ſur ce ſuiet vous donner des leçons,
Tous ce que ie vous dis, ce vous ſont des chanſons,
Vous vous mocquez de tout.

CLIDAMANT.

                 Ce faquin me fait rire.
Mais il faut demander l'obiet de mon martire,
Ie vay reuenir; voy ſi ſon pere eſt icy.

GVILLOT.

Ne parlez plus au mien, au moins.

CLIDAMANT.

                       Non.

GVILLOT *il heurte à la porte*
           de Boniface.

Boniface eſt-il là?   Grand-mercy,

SCENE V.

SCENE V.

GVILLOT, BEATRIX.

BEATRIX.

Non.

GVILLOT.

Bonne mijorée!
Auez vous esté bien muguètée & fleurée?
Mon Maistre vous a-t'il debité le fleuron?
Est-il dans vostre cœur cét Amant fanfaron?
Ce charmant Damoiseau? ce Dameret superbe?
Qui pretend sous le pied me couper bientost l'herbe?
Coquine, vous sçauez fort bien l'art d'écouter,
Quand le Godelureau vient pour vous en conter;
Mais alors que Guillot vous dit qu'il vous adore,
Vous le dédaignez Caigne, & faites la Pecore;
On voit paroistre en vous vn certain air honteux,
Vous faites la fàchée, & vous baissez les yeux,
Comme si ie n'estois pas de vostre calibre;
Courtisez vos Coquets, cela vous est fort libre:
Ie vous diray pourtant sans me mettre en courroux,
Qu'vn homme comme moy, vaut vn peu mieux que
      vous,
Madame la friponne, ou pour mieux dire gueuse;
Vous me portez bien l'air d'vne franche coureuse,
Et d'aller bien souuent en Carosse à cinq sols,
Pour tâcher d'attirer quelques Muguets à vous:
Pour peu que vous alliez en ces lieux en voyage,
Dieu sçait si mon honneur fera bientost naufrage.

BEATRIX.

Ah! ah, Monsieur Guillot, vous estes donc ialoux?

B

Vrayment i'en suis fâchée, & pour l'amour de vous;
Et ie ne croyois pas que voftre humeur ialouse,
M'osast traitter ainsi sans estre voftre épouse.
Si i'eftois mariée auec vous, le beau fils,
Ayant pouuoir fur moy vous feriez donc bien pis?
Certes le beau garçon, vous eftes admirable !
Vous vous fâchez Amant ; mary, vous feriez diable.
Vous deuiez mieux cacher voftre méchante humeur,
Vn Amant ne plaift pas quand il fait le Cenfeur ;
Lors qu'il fe voit entrer la ialoufie en l'ame,
Il ne fe doit iamais charger d'aucune femme ;
Gardez donc bien d'en prendre, afin d'eftre content;
Car vous pourriez porter ce que vous craignez tant.
Quand vous penfez tenir vne femme captiue,
Tout ce que vous craignez bien fouuent vous arriue,
Vous auez beau veiller deffus fes actions,
On appelle cela, vaines precautions.
Vous fçauez que ie fuis de maniere Coquette?
Que ie prens grand plaifir alors que ie caquette ;
Que i'ayme le Galant quand il caiolle bien ;
Vous fçauez bien auffi que ie ne permets rien,
Et que fi ie voulois écouter leur fredaine,
Ie croy fans vanité, que i'en vaux bien la peine.
Mais puifque fans fuiet vous eftes fi ialoux,
Vous ne me feruirez ny d'Amant ny d'Efpoux.
GVILLOT.
Non, mon petit Tendron, ma Pouponne, ma Belle,
Tu dois peu te fâcher lors que ie te querelle ;
Si i'ay paru ialoux, c'eft par trop d'amitié ;
Mon Fanfan, voy Guillot, il te fera pitié.
Va, raccommodons nous, ne foyons plus en grongne,
Ne fuis-je pas bien fait, confidere ma trogne ?
Ayme moy, me voyant pour toy bouffi d'amour,
Tandis que ie fuis ieune, & beau comme vn beau
    iour,
Comme ie fuis gaillart, que tu parois gaillarde,

Nous ferons des enfans d'vne humeur grillarde;
Tu me diras mon cœur, ie te diray m'amour;
Nous nous en conterons & la nuit & le iour;
Nous chercherons aux champs quelque place deserte,
Où nous nous donnerons tous deux la cotte-verte;
Que nous prendrons souuent d'agreables ébats!
Que de Guillots viendront qui ne s'en doutent pas!
Ma petite Dondon, que ie te croy feconde!
Que ie te croy sçauante à bien peupler le monde!
Et que ie me sens homme à m'en acquitter bien,
Pour peu que ton amour veüille répondre au mien!
Tu ne me réponds rien, dis moy donc que t'en sēble,
N'est-ce pas le secret d'estre fort bien ensemble?

BEATRIX.

Tu n'es qu'vn discoureur, adieu ie vais chez nous.

GVILLOT.

Voilà mon pauure esprit tout sans dessus dessous,
Au diable soit l'amour, & la chienne de Fille,
Mais ie voy Ragotin, que cherche icy ce drille?

SCENE VI.

GVILLOT, RAGOTIN.

RAGOTIN.

AH! ton valet, Guillot.

GVILLOT.

Seruiteur, Ragotin.

Pourray-ie sçauoir où te meine ton destin?

RAGOTIN.

Ie vais chercher chez toy le Pere de ton Maistre.

GVILLOT appercevant les Vieillards.

Où ie me trompe fort, ou ie le voy paroistre,

B ij

Et Monsieur Boniface, oyons ce qu'ils diront,
Cachons nous, & voyons ce qu'apres ils feront.
Ils se cachent.

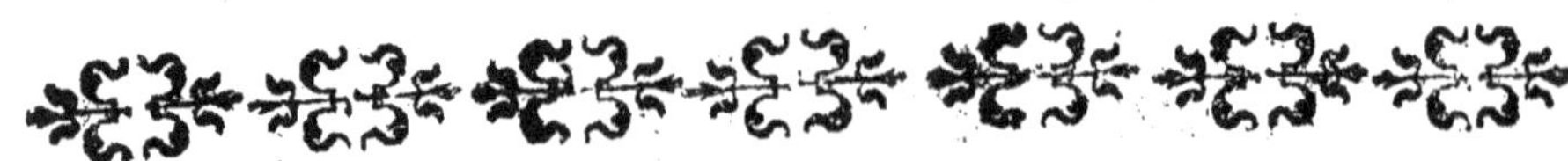

SCENE VII.
POLICARPE, BONIFACE.

POLICARPE.

AH ! que i'auray de ioye épousant vostre Fille,
Et que nos deux maisons ne soient qu'vne Famille.

BONIFACE.

I'en auray Policarpe, autant & plus que vous,
En me voyant aussi de vostre Fille Espoux !

GVILLOT, *de l'endroit ou il est caché.*

Que diable disent-ils ? ah ! Messeigneurs nos Maistres,
Ma foy vous en tenez.

RAGOTIN *de l'endroit ou il est caché.*

Voyez-donc les vieils traistres,

BONIFACE.

Policarpe mon cher, que ie suis amoureux !

POLICARPE.

Faisons icy venir les obiets de nos vœux.

BONIFACE.

C'est bien dit, voyons les, i'en meurs d'impatience.

POLICARPE.

Ie suis pour Polixene en égalle souffrance.

BONIFACE.

Ie la vais appeller, Polixene, venez,
Ie vous veux marier.

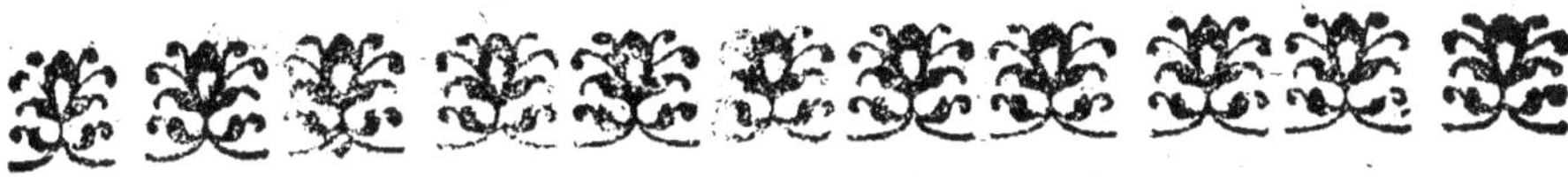

SCENE VIII.
POLIXENE.

POLICARPE, BONIFACE, GVILLOT
& RAGOTIN *cachez*.

      O momens fortunez,
Quoy vous me maririez ! mais auec qui mon Pere ?
BONIFACE.
Auec vn homme enfin capable de te plaire,
De conduite, de cœur, d'esprit fort enioüé,
Aimable, liberal, digne d'estre loüé.
POLIXENE.
Si c'estoit Clidamant que ie serois heureuse !
BONIFACE.
Enfin, ie n'ay point veu d'Ame si genereuse.
POLIXENE *à part, appercevant le Pere*
de Clidamant.
Sans doute que c'est luy, que mes sens sont rauis!
Le Pere vient expres me parler pour son Fils.
POLICARPE.
Auec permission de Monsieur vostre Pere,
Vn Amant pourroit-il auoir l'heur de vous plaire,
Estant de iugement & d'esprit bien muny,
Et le gousset d'argent passablement garny,
Pour faire comme il faut aller vostre cuisine?
Bienfait de sa personne, homme de bonne mine,
Qui vous fera passer d'ageables momens,
Qui sçait fort bien ioüer de tous les instrumens;
L'entretien merueilleux, qui dance comme vn drolle,
Et qui sçait à rauir passer la capriolle?
Homme digne, en vn mot, d'estre sous vostre loy.
        B. iij

POLIXENE *impatiente de ſçauoir qui c'eſt.*
Mais Monſieur, quel eſt-il ?
POLICARPE.
Vous ſçaurez que c'eſt moy.
POLIXENE *ſurpriſe.*
Iuſtes Dieux !

BONIFACE.
Ah ! ma Fille, eſt-tu pas trop heureuſe ?
POLIXENE *s'en allant froidement.*
Mon Pere, i'ay fait Vœu d'eſtre Religieuſe.
BONIFACE.
Quoy friponne ! eſt-ce ainſi qu'on reçoit vn Amant,
Et que l'on obeït à mon commandement ?
Eſt-ce là profiter ainſi que tu dois faire,
De tous les bons conſeils qui te viennent d'vn Pere ?
Mais m'ayant ſceu déplaire, & l'ayant bien voulu,
Tu t'eu repentiras, apres m'auoir dépleu.
Ie ſçay bien les moyens dont il te faut reduire.
POLICARPE.
Ne vous emportez pas, cela pourroit vous nuire,
Vous la prenez peut-eſtre en de mauuais momens,
Qui font qu'elle ne peut ſuiure vos ſentimens ;
Mais appellons Aminte, elle eſt obeïſſante,
Humble, ſouple, & ne fait que ce qui me contente ;
Et n'a point tant de ioye & de felicitez,
Qu'au moment qu'elle peut ſuiure mes volontez ;
Et vous l'allez bien voir ; Aminte ! hola ! ma Fille.

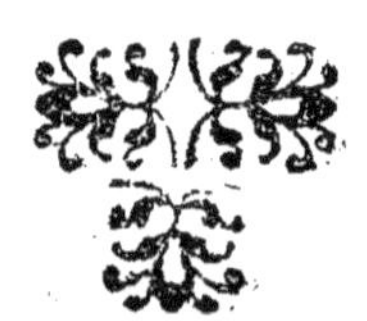

SCENE IX.

AMINTE, POLICARPE, BONIFACE,
GVILLOT & RAGOTIN *cachez.*

AMINTE.

PLaift-il, mon Pere ?
POLICARPE.
Il faut croiftre noftre Famille,
Ie te donne vn mary qui vaut fon pefant d'or.
Voy-tu cét homme là ?
AMINTE.
Ce fera Lucidor,
Il n'eft plus rien certain, car i'apperçoy fon Pere.
BONIFACE.
Beauté dont le merite eft extraordinaire,
Ie viens pour vous offrir vn homme merueilleux,
Vn homme digne enfin de paroiftre à vos yeux ;
Vn homme qui fçait bien comme il faut que l'on
aymé,
Et de qui la richeffe eft tout à fait extrême ;
Vn homme qui n'eft point vn batteur de paué ;
Vn homme qu'on peut dire, eftre vn homme acheué ;
Adroit, gaillart, difpos ; enfin c'eft vn tel homme,
Qu'il n'a point fon pareil d'icy iufques à Rome.
AMINTE *impatiante de fçauoir qui c'eft.*
Quel peut-eftre, Monfieur, cét homme fi parfait?
BONIFACE.
C'eft moy-mefme, voyez, ne fuis-je pas bien fait?
AMINTE *furprife.*
Dieux !

POLICARPE à *Aminte.*
Que vous allez faire enfemble vn bon ménage!

AMINTE s'en allant froidement.
Mon Pere, excuſez moy, ie ne ſuis pas en âge.
POLICARPE.
Eſt-ce là m'obeïr ? ô cerueau démonté!
BONIFACE en dériſion.
Elle n'eſt pas encore en ſa maturité.
POLICARPE.
Ah Ciel! quelle inſenſée!
BONIFACE en dériſion.
Elle eſt obeïſſante,
Humble, ſouple, & ne fait que ce qui vous contente,
Et n'a point tant de ioye & de felicitez,
Qu'au moment qu'elle peut ſuiure vos volontez;
Ne nous reprochõs rien, s'il vous plaiſt, l'vn à l'autre,
Car ma Fille obeït auſſi bien que la voſtre :
Mais cependant amy, nous ſommes amoureux,
Que diable ferons nous pour contenter nos feux?
POLICARPE.
Ce qu'il faut faire, il faut, ſans nul autre miſtere,
Aller chez les Contracts pour paſſer le Notaire;
Ces moyens nous mettront bientoſt hors d'embaras.
BONIFACE.
Dites chez le Notaire, & non chez les Contracts.
Ie croy que vous auez la ceruelle en écharpe.
POLICARPE.
Il eſt vray, i'extrauague, ô pauure Policarpe!
L'amour a tellement mes eſprits eſtourdis,
Que la raiſon n'eſt plus en tout ce que ie dis.
Enfin, c'eſt le plus court d'aller chez le Notaire.
BONIFACE.
Allons donc promptement terminer cét affaire,
Mais auant que partir enfermons les ſi bien,
Qu'elles ne ſortent point que par noſtre moyen.
Ils s'en vont.

SCENE DERNIERE.

GVILLOT, RAGOTIN
sortans d'où ils eſtoient cachez.

GVILLOT.

Pouuoit-il arriuer vn plus fâcheux deſaſtre?

RAGOTIN.
Nos deux Maiſtres ſont nez ſous vn malheureux
   Aſtre?

GVILLOT.
Qui l'auroit iamais creu! voyez les vieils Sorciers.

RAGOTIN.
Les traiſtres ſont brûlans ainſi que des braſiers.

GVILLOT.
Mais ſans nous amuſer à blâmer ces vieils Reſtres,
Allons tout de ce pas en auertir nos Maiſtres.

Fin du ſecond Acte.

B v

ACTE III.
SCENE PREMIERE.

CLIDAMANT & GVILLOT, *for-*
tent chacun d'vn cofté du Theatre.

GVILLOT *rencontrant Clidamant.*

E vous ay tant cherché que ie vous voy
paraiftre.

CLIDAMANT.

Et bien, que me veux-tu?

GVILLOT.

Tout eft perdu, mon Maiftre.

CLIDAMANT.

Tout eft perdu ! d'où vient ? mon amour va-t'il mal ?

GVILLOT.

Que trop, Monfieur.

CLIDAMANT.

Comment?

GVILLOT.

Vous auez vn Riual.

CLIDAMANT.

Vn Riual !

GVILLOT.

Vn Riual ; & qui ne vous craint guere.
Et fi vous m'en croyez, loin d'en eftre en cholere.
Vous chercherez ailleurs à pouffer voftre amour,

Car ce Riual vous va ioüer d'vn mauuais tour.
CLIDAMANT.

Il n'eſt point de Riual dans mon amour extrême,
Qui puiſſe m'arracher le digne Obiet que i'aime.
Ie m'en vais le chercher ce Riual dangereux,
Et nous verrons apres qui l'aura de nous deux :
Il ſçaura ce que c'eſt qu'irriter ma cholere.
GVILLOT.

O le ioly Garçon qui veut tuer ſon Pere !
CLIDAMANT.

Mon Pere ! que dis-tu ? quel maheur eſt le mien !
GVILLOT.

Ce que ic dis ? ie dis que cela ne vaut rien.
CLIDAMANT.

Mon Pere mon Riual ! ah ! quel coup de tonnerre !
GVILLOT.

A la paternité liurerez-vous la guerre ?
CLIDAMANT.

Que le Ciel ne m'a-t'il pluſtoſt priué du iour.
GVILLOT.

Sans ſouhaitter la mort, renuoyez voſtre amour,
Et ſans faire en ces lieux, tant de cris lamentables,
Enuoyez la Maiſtreſſe à tous les mille diables.
CLIDAMANT.

Peut-on voir dans le monde vn plus fâcheux ſuccez ?
GVILLOT.

On permet de crier à qui perd ſon procez.
Mais eſtes-vous le ſeul où le malheur abonde,
Et voſtre affliction eſt-elle ſans ſeconde ?
Sçachez que Lucidor voſtre meilleur amy,
N'eſt pas non plus que vous malheureux à demy ;
Son ſort eſtant pour luy deuenu ſi contraire,
Que comme vous il eſt le Riual de ſon Pere.

CLIDAMANT,

Son Pere, me dis-tu, recherche auſſi ma ſœur ?
B vj

GVILLOT.
Monsieur, ce vieil Barbon luy conte auffi douceur,
A tous ces embarras, que pretendez-vous faire?
CLIDAMANT.
Mourir, fi ie n'ay pas l'obiet qui m'a fceu plaire.
GVILLOT.
Si c'eft-là voftre but, tenez vous donc pour mort:
Mais la mort, eft, Monfieur, vn chetif reconfort,
Et quand tous les malheurs s'entendroient pour nous
    fuiure,
Il eft beaucoup moins doux de mourir que de viure.
CLIDAMANT.
Il eft vray, mais eft-il vn remede en cecy?
GVILLOT.
Vous auriez grãd befoin qu'vn diable en prift foucy,
Que ne fuis-ie Sorcier? mais las, ie fuis bien traiftre,
De faire vn tel fouhait pour obliger mon Maiftre.
CLIDAMANT.
Ah! ie ne voudrois pas ton feruice à ce prix,
Mais ton efprit paffant tous les autres efprits,
Tu peux bien empefcher auecque ton adreffe,
Que mon Pere auiourd'huy n'epoufe ma Maiftreffe.
GVILLOT.
Et s'il fçait qu'auec vous ie me fois concerté,
Et qu'il tombe fur moy quelque incommodité,
Pour falaire, i'auray, *Ie plains ton infortune*,
Il t'en deuoit de deux, il t'en a donné d'vne;
Mais de cela Guillot, il te faut confoler,
Seray-ie bien guery de ces contes en l'air?
CLIDAMANT.
Ne crains point ce malheur, i'en réponds fur ma vie.
GVILLOT.
En ce cas ie vous fers, & i'en brûle d'enuie;
Mais, à condition que Meffieurs vos efprits,
Ne s'ébaudiront plus aupres de Beatrix,
Que vous me laifferez ma femme toute entiere

Sàns luy parler iamais en aucune maniere;
Vous allez en amour plus viste qu'au galop;
Chacun le sien, dit-on, Monsieur, ce n'est pas trop :
Aimez voftre moitié d'vne ardeur violente;
Mais laiffez, s'il vous plaift, en repos fa fuiuante,
Car vous eftes vn homme à me faire vn affront,
Qui me feroit fenfible auffi bien qu'à mon front.
                CLIDAMANT.
Cher Guillot, ne crains rien.
                . GVILLOT.
                        Il faut que ie vous ferue,
Et ie fuis tout à vous, fans aucune referue;
Mais il faut fe hafter, car nos grifons hideux,
Sont allez s'affurer des obiets de leurs feux,
Et font prefentement tous deux chez vn Notaire,
A paffer deux Contracts qui ne vous plairont guere.
                CLIDAMANT.
O malheur! mais dis-moy, comment t'y prendras-tu?
                'GVILLOT.
Alors qu'il faut fourber i'ay bien de la vertu,
Ne foyez plus chagrin, ie fçay bien les manieres,
Au bon homme dans peu, de tailler des croupieres;
S'il croit de voftre obiet faire bientoft fon bien,
Qu'il ferme bien la main, difant qu'il ne tient rien.
Monfieur, ie veux ma foy, deuenir bas d'eftame,
Si deuant qu'il foit nuit, vous n'auez voftre femme.
Mais i'aperçoy venir noftre autre langoureux,
Et bien, ne voyla pas deux hommes bien chanfeux?

SCENE II.

CLIDAMANT, LVCIDOR, GVILLOT, RAGOTIN.

LVCIDOR.

AH ! trop parfait amy , sçay tu quelle est mà
    peine ?

CLIDAMANT.

Guillot m'a tout appris,& i'en suis à la gesne;
Mais as-tu sceu la mienne ?

LVCIDOR.

       Oüy , mon cher Clidamant,
Ragotin m'a tout dit, & c'est tout mon tourment.
Ah ! que i'ay de douleurs.

CLIDAMANT.

       Ah que i'ay de tristesses !

LVCIDOR

Ah ! mon cher Clidamant, perdrons-nous nos Maistresses ?

GVILLOT.

Ah ! Messieurs les crieurs , vous criez là du ton,
D'vn aueugle qui vient de perdre son baston !
Ah que ie suis à plaindre ! ah malheur incroyable !
S'il ne tient qu'à crier, ie criray comme vn diable;
Mais quãd nous posserions des cris iusques aux Cieux,
Dites-moy , vostre affaire en iroit-elle mieux ?

CLIDAMANT.

Non.

GVILLOT.

Ne criez donc plus ; songez au necessaire;

Et puis que vos deux sœurs pour vous veulent tout
   faire,
Que vous estes certains qu'elles aimeront mieux
Vous auoir, que d'auoir vos Riuaux chassieux,
Malgré ce qu'ils feront pour vous oster vos Belles,
Ie pretens auiourd'huy vous liurer vos Femelles,
Faisant ce que ie dis, vous voyez par mon ftec,
Que nos Barbons n'auront qu'à s'en torcher le bec.
Ie veux estre pendu si ie ne les enleue.
                    RAGOTIN.
Voila tout iustement le chemin de la Greue.
Mais dis-moy donc, comment pouuoir faire ce tour,
Leur porte estant fermée & la nuit & le iour ?
Tu sçais que chacun d'eux sa fille cadenasse,
En estant plus ialoux qu'vn gueux de sa besasse ?
Ioint qu'ils ne donnent pas seulement à leurs fils,
La liberté d'entrer sans eux dans leurs logis.
Qu'ils sont mesme ialoux d'y voir entrer les ombres,
Que pretens-tu donc faire en tous ces malécombres?
                    GVILLOT.
I'en sçauray bien venir, te dis-ie, à mon honneur,
Au mestier de fourber ie suis vn grand Acteur :
Mais c'est trop raisonner, finissons ce langage,
Car ie croy que i'entés nos Vieils troubles-menage.
            CLIDAMANT. *à Guillot.*
Cher Guillot, ie n'ay plus d'esperance qu'en toy.
                    GVILLOT.
Monsieur, ne dites mot, & laissez faire à moy.
                    LVCIDOR.
Ragot, à me seruir, il y va de ta gloire.
                    RAGOTIN.
Ah ! nous nous entendons comme larrons en foire,
Vous aurez dans ce soir vos Maistresses en mains,
Laissez-nous seulement écouter leurs desseins.
        Ils se retirent en vn coin du Theatre.

SCENE III.

POLICARPE, BONIFACE.

POLICARPE.

ENfin nos deux Contracts sont en fort bonne
      forme,
Allons nous marier.

GVILLOT, *du coin du Theatre ou il est.*

                    Attendez-moy sous l'orme,
Si c'est voftre dessein de les prendre d'assaut,
Vous ne souslerez point, rien ne sera trop chaut.

BONIFACE.

Tâchons donc, cher amy, pour contenter nos flâmes
De metamorphoser nos filles en nos femmes,
Il sera malaisé, car dans leur action,
Ie n'ay rien veu pour nous tantost qu'auersion,
Et ie crois au discours que nous ont fait nos filles,
Qu'elles nous ont donné noftre sac & nos quilles;
Mais quand elles deuroient encor nous méprifer,
Il faut bongré malgré nous en faire épouser.

POLICARPE.

Chez vn de nos amis menons les, Boniface,
Là nous nous marirons fans qu'on nous embarraffe;
Car dans noftre logis nos fils s'y trouueroient,
Qui loin de nous aider nous en détourneroient,
Voyant bien que leurs sœurs n'en seroient pas con-
      tentes;
Efuitons donc, mon cher, ces chofes mal plaifantes:
Outre que vous fçauez qu'on blâme les grifons,

Dés qu'ils prennent deſſein d'épouſer des tendrons :
Et ſi l'on découuroit auant le pot aux roſes,
La honte nous feroit laiſſer là toutes choſes.
Les Poëtes du Pont-Neuf en feroient des Chanſons,
Où nous ſerions bernez de toutes les façons;
Si bien que l'on feroit par cette raillerie,
Vne tache eternelle à toute noſtre vie.
Donc pour nous exempter d'vn ſi funeſte bruit,
Emmenons les d'abord que nous verrons la nuit,
Les tenant en nos mains bien & deument liées,
Iuſqu'à ce qu'elles ſoient auec nous mariées :
Lors nous ſerons heureux.

BONIFACE.

Dieu vous en veüille oüir!
Enfin, cher Policarpe, il nous faut réjoüir,
Requinquons-nous tous deux pour dăſer à la Nopce;
Ie ne ſuis pas ſi vieil, ny vous encore ſi roſſe,
Que nous ne puiſſions plus nous donner du bontemps;
Pour ſe bien diuertir, viue les Vieilles gens !

POLICARPE.

Nous en ferions encor la nique à la Ieuneſſe,
Ie pretens bien danſer auec voüs la Ducheſſe,
Les Branſles, la Mignonne, & tous les Menuets,
La Courante à la Reyne auec les Tricotets.

BONIFACE.

Quand meſme on nous croiroit vieux comme eſtoit
     Herode,
Ie veux que nous danſions les danſes à la mode,
Les Cinq-pas, la Guimbarde ont la vogue en ce téps;
Et tous ces petits Saults qui font danſer les Grands.
Mais il nous faut deuant terminer nos affaires.

POLICARPE.

Ah ! nos plaiſirs s'en vont eſtre extraordinaires.

BONIFACE.

Il faut que nous faſſions à preſent noſtre coup,
Car nous voila tantoſt comme entre Chien & Loup;

La nuit s'approche, allons.

Ils entrent chez eux.

SCENE IV.

CLIDAMANT, LVCIDOR, GVILLOT, RAGOTIN.

CLIDAMANT *à Guillot.*

　　　　　　　　Et bien, que faut-il faire?
GVILLOT.
Il se faut preparer pour cette grande affaire,
I'ay dans mon Incamo, d'infaillibles secrets,
Qui pour vous obliger s'en vont estre tous prests:
Mais il faut aduertir Ragotin de la chose.

Il luy parle à l'oreille.

Va faire promptement cette metamorphose.
RAGOTIN.
Cela vaut fait, va t'en.

GVILLOT *à son Maistre.*

　　　　　　　Vous, tenez vous au guet,
Et vous verrez bientost vn admirable trait.

Ils vont prendre chacun vn habit de femme.

SCENE V.

CLIDAMANT, LVCIDOR.

CLIDAMANT.

ENfin, cher Lucidor, si nous l'en voulons croire,
Nous nous verrons biétoft au faifte de la gloire,
LVCIDOR.
C'eft ce que nous deuons à prefent fouhaitter;
Ce qu'ils ont dit tantoft nous doit beaucoup flatter,
Que fi l'on s'apperçoit que l'amour les enflâme,
Ils laifferont là tout de peur qu'on les en blâme.
Et puis eftant fi vieux...... Mais ie les oy venir.
CLIDAMANT.
Nos gens viennent auffi.

SCENE VI.

CLIDAMANT, LVCIDOR, GVILLOT
& RAGOTIN *déguifez en femmes.*

POLICARPE & BONIFACE,
tenant chacun leurs filles auec vne corde.

GVILLOT *parlant à fon Maiftre.*

Vos maux s'en vout finir,
Tenez vous pres de nous.

GVILLOT & RAGOTIN ont chacun vne cor-
de, dont ils prennent les deux bras que les Vieillards ont
de libres, & s'approchent pres des Maistresses de
leurs Maistres.

POLIXENE.

Mais mon Pere à telle heure,
Où m'allez-vous mener?
BONIFACE.
Bien souper, où ie meure,
Puis auec Policarpe apres vous marier.
POLIXENE.
Qu'entens-je!
AMINTE *à son Pere.*
Ie vous prie autant qu'on peut prier,
Ne sortons point si tard, mon Pere.
POLICARPE.
Enfin ma fille,
Ie me suis engagé d'aller souper en Ville,
Où Boniface apres doit estre vostre espoux.
AMINTE.
Dieux !

RAGOTIN.
Ne vous fâchez point, Ragot est prest de vous,
Qui vous liure à son Maistre, & vous sort d'es-
clauage.

Il l'oste de l'endroit où elle est attachée, & se met en
sa place, & la donne à son Maistre.

GVILLOT *en fait autant.*

GVILLOT à POLIXENE.
Polixene, Guillot coupe vostre cordage,
Et mon Maistre vous prend; ne vous éloignez pas;
Nous allons vous sortir de tous ces embaras.

BONIFACE.

Policarpe, eſt-ce vous?
POLICARPE.
Oüy c'eſt moy, Boniface,
Auez-vous voſtre fille?
BONIFACE.
Oüy.
POLICARPE.
La mienne me laſſe,
A force de tirer, ie n'ay plus de vigueur.
BONIFACE.
Helas! qu'on a de peine à traîner ſon malheur.

GVILLOT affectant vne groſſe voix.

Mon Papa, pourquoy donc me chantez-vous iniure?
BONIFACE.
Ouay! la voix de ma fille a changé de nature.

RAGOTIN.

Où me menez vous donc, petit Papa mignon?
POLICARPE.
Parbleu, la mienne auſſi vient de changer de ton.
Mais quelque diable auſſi n'a-t'il point pris leur
    forme,
Pour nous faire en ce lieu quelque malice enorme?
Ou ne ſeroit-ce point ce maraut de Ragot?
C'eſt luy-meſme, ah! Coquin.
RAGOTIN.
Tire tire, Guillot.
POLICARPE.
Ne tire pas, ſi non, point de miſericorde,
Ie te vais aſſommer.
GVILLOT.
Ragot, tire la corde.
BONIFACE.
Traiſtres, nous voulez-vous icy faire expirer?

GVILLOT.

Nous allons en ce lieu tous deux vous demembrer
Si vous ne m'accordez ce que ie vous demande,
Silence, s'il vous plaift, afin que l'on m'entende.
Ie fouhaite de vous par ces difcours prefix,
Que vos filles enfin époufent vos deux fils.

POLICARPE.

Nos filles ! ah ! faquin, qu'ofes-tu nous prefcrire ?
Tu mourras auiourd'huy.

GVILLOT.

Tire la corde, tire.

BONIFACE.

Ne tirez plus, nos os s'en vont fe décharner.

RAGOTIN.

Ce n'eft pas tout encor, il nous faut pardonner
Vos filles & vos fils, chacun & fa chacune,
Soyons tous bons amis, & viuons fans rancune.

POLICARPE.

Oüy, nous vous pardonnons en prefence des Cieux,
Qu'on les face venir ; ah ! qu'on eft malheureux,
Et que l'on doit auoir de regret, ce me femble,
Quand on eft amoureux, & Vieillard tout enfemble !

SCENE DERNIERE.

CLIDAMANT, LVCIDOR, POLICARPE, BONIFACE, GVILLOT, RAGOTIN, POLIXENE, AMINTE, BEATRIX, LISETTE.

CLIDAMANT *à fon Pere & à l'autre.*

AH ! Meffieurs, fe peut-il que vous nous par-
donniez ?

POLIXENE.

Vos deux filles en pleurs se iettent à vos pieds.

BONIFACE.

Quoy que vous ayez fait du pis qu'on puisse faire,
Vous trouuerez en nous des tendresses de Pere.

GVILLOT.

Et nous, n'aurons nous rien apres auoir ieusné ?

CLIDAMANT.

Que chacun leur obiet leur soit aussi donné.

Fin des Barbons.